ありがとう そよ風

JUNIOR POEM SERIES

葉　祥明詩・絵

季《き》節《せつ》と季節のはざまに
〈詩〉がひそんでいる
時のうつろいの中に
〈詩〉が息づいている

季節《きせつ》の囁《ささや》き

雨よ

ありがとう　そよ風！

季節《きせつ》の囁《ささや》き

季節《きせつ》の囁《ささや》き

白い雲たなびく空が
風にそよぐ木や草が
自分たちのことを
詩に書いてよ　書いてよと
口ぐちにせがむ
だから僕《ぼく》の仕事は
耳を澄《す》ましてみんなの囁きを
ノートに写《うつ》すだけ

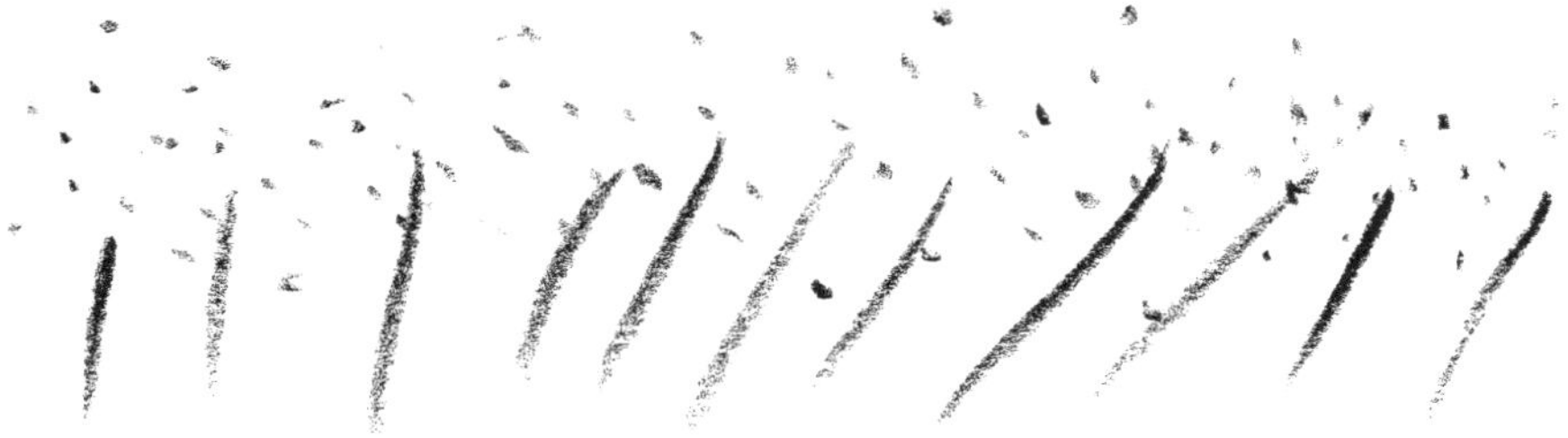

四月！

雨の三月が去り
澄《す》みきった青空が広がった
素晴《すば》らしい四月！
明るい陽光降《ふ》り注《そそ》ぐ
わが家の小さな庭では
三本の若《わか》い白樺《しらかば》が
涼《すず》し気な薄緑《うすみどり》色の葉を
広げはじめている

もうこれで心配事とはおさらば
あれこれ気に病《や》む事なんかない
だって　もう四月なんだから！

故郷《ふるさと》の五月

故郷の五月は美しい
街路樹《がいろじゅ》の緑が鮮《あざ》やかだ
市電通りの銀杏並木《いちょうなみき》
城を包《つつ》む楠木《くすのき》の森の
なんと見事《みごと》なこと!
町を流れる川の岸辺には
涼《すず》しい木陰《こかげ》とベンチ
恋人《こいびと》たちの囁《ささや》き……

ごらんよ
光が踊《おど》る川面《かわも》を
水鳥と釣人《つりびと》が仲《なか》良く
魚を追っている

僕《ぼく》は　ゆっくりと
自転車を走らせる
五月の光と風に
故郷をじんわりと感じながら

桜吹雪《さくらふぶき》

桜吹雪は薄桃《うすもも》色の春の雪
ひと風毎《ごと》に楚々《そそ》楚々と
緑の若葉《わかば》に降《ふ》りそそぐ
時折《ときおり》　一人《ひとり》住いの窓辺《まどべ》にも
気紛《きまぐ》れな花弁《はなびら》が舞《ま》い込むが
春風にお願いしたい
どうか僕《ぼく》の心の中にも
ひと片《ひら》運んではくれまいか

さすればそれを
可憐《かれん》な乙女《おとめ》の訪《おとず》れの
心ときめく予感としよう
そして初めて僕にも春が来る

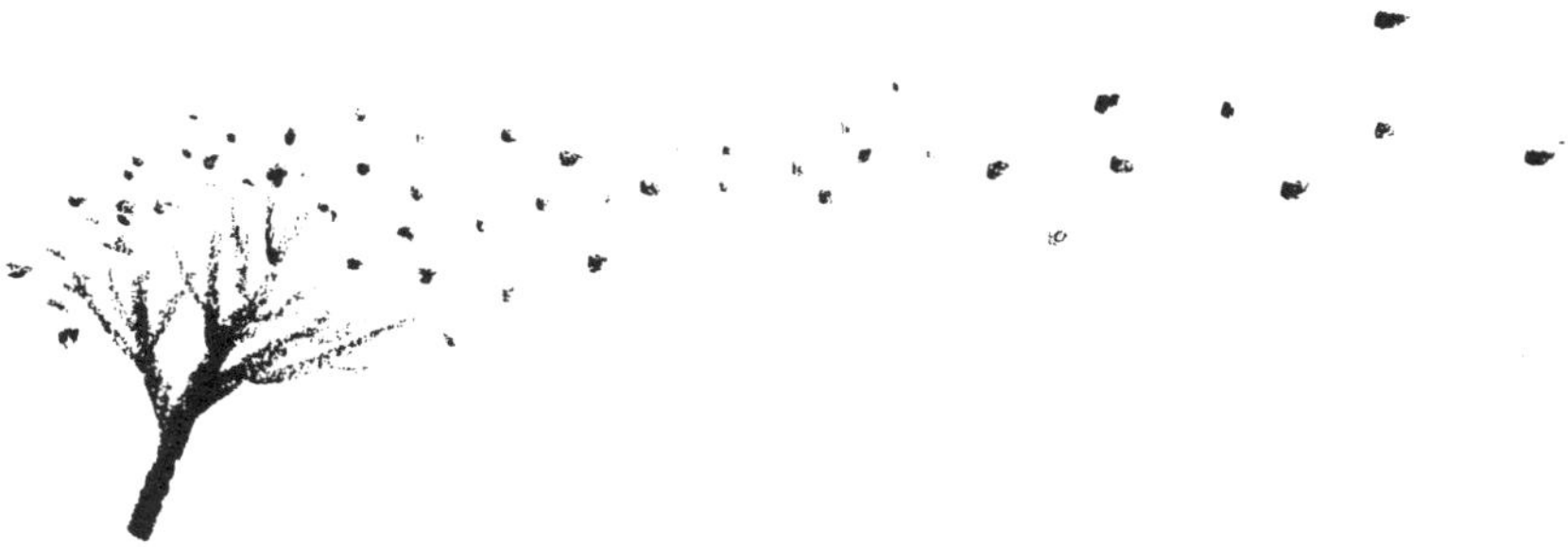

春嵐《はるあらし》と若葉《わかば》

春嵐びゅうびゅう
空は逆巻《さかま》き　大地は揺《ゆ》れる
梢《こずえ》は唸《うな》り　家が軋《きし》む
でも若葉たちは
風に煽《あお》られながらも
わいわいがやがや
運動場で押《お》しくら饅頭《まんじゅう》やっている
元気な子供《こども》たちのように

歓声《かんせい》あげて喜んでいる
春嵐が枝《えだ》を揺らすたびに
自分たちが成長するってことを
良く知っているから
彼《かれ》らは誰《だれ》も嵐を怖《こわ》がらない

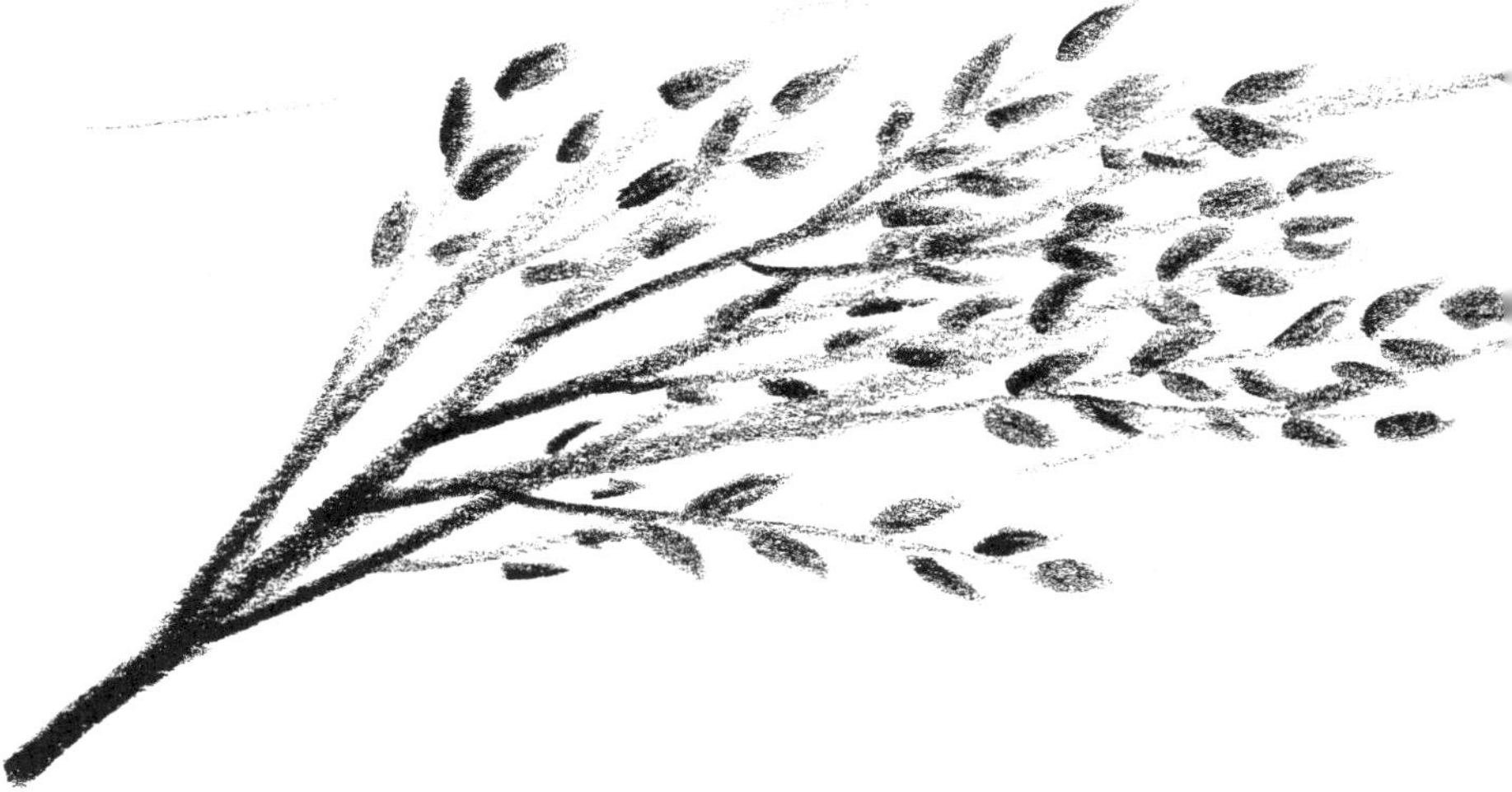

水撒《ま》き

水撒きしよう
青い夏の空に向かって
ホースの先から迸《ほとばし》る
たくさんの水飛沫《みずしぶき》
きらきらきらきらきら
光の中で乱舞《らんぶ》する
暑《あつ》さでぐったりしていた
庭の白樺《しらかば》も紫陽花《あじさい》も

ほっとひと息ついているし
僕《ぼく》もなんだか
ひと仕事したような良い気分

夏の記憶《きおく》

水平線の向こうの
白い入道雲
砂に埋《う》もれた貝殻《かいがら》
岩場に溜《たま》った
・・・・
ぬるい海水の中の
小魚・小エビ・イソギンチャク
そして　少年の私《わたし》

森の小径《こみち》

八月の眩《まぶ》しい光も
ほおっと　柔《やわ》らぐ
この深い森を抜《ぬ》けたら
髪《かみ》の長い少女が待っている
弾《はじ》ける笑顔《えがお》で
僕《ぼく》の来るのを待っている

幸せに続く小径は
急がず　慌《あわ》てず
ゆっくり　ゆっくり

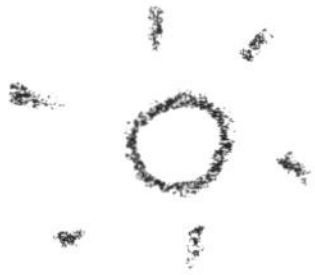

雑草《ざっそう》

雑草と呼《よ》ばれても
本当は名前があるんだ！
雑草と呼ばれても
小さな花を咲《さ》かせるし
仲間《なかま》だってたくさんいる
夏の太陽にも負けないで
庭一杯《いっぱい》に生《お》い茂《しげ》り
虫たちのお宿にだって

なってるんだ！
雑草と呼ばれて
無慈悲《むじひ》に刈《か》り取られても
何度でも大地から立ち上がる
逞《たくま》しい君たちのように
僕《ぼく》も生きなくては

残《のこ》りの夏

ふざけるのが大好きな
お転婆《てんば》な少女のように
追えば逃《に》げる残りの夏
プールサイドや街路樹《がいろじゅ》の陰《かげ》
耳を澄《す》まし　目を凝《こ》らし
捜《さが》し回る僕《ぼく》を見て
悪戯《いたずら》っぽく笑《わら》って消える
そう　八月の末は毎日が
去り行く夏との隠《かく》れん坊《ぼう》

雑木林《ぞうきばやし》

良く晴れた十月の日曜日
裏《うら》の雑木林もすっかり色づき
昔《むかし》の武蔵野《むさしの》の秋がふと顔を見せる
できることならこんな日は
小声で詩を口ずさみ
一日中林の中を歩きたい
そして枯葉《かれは》の森で待っている
慎《つつ》ましい娘《むすめ》に会いに行こう

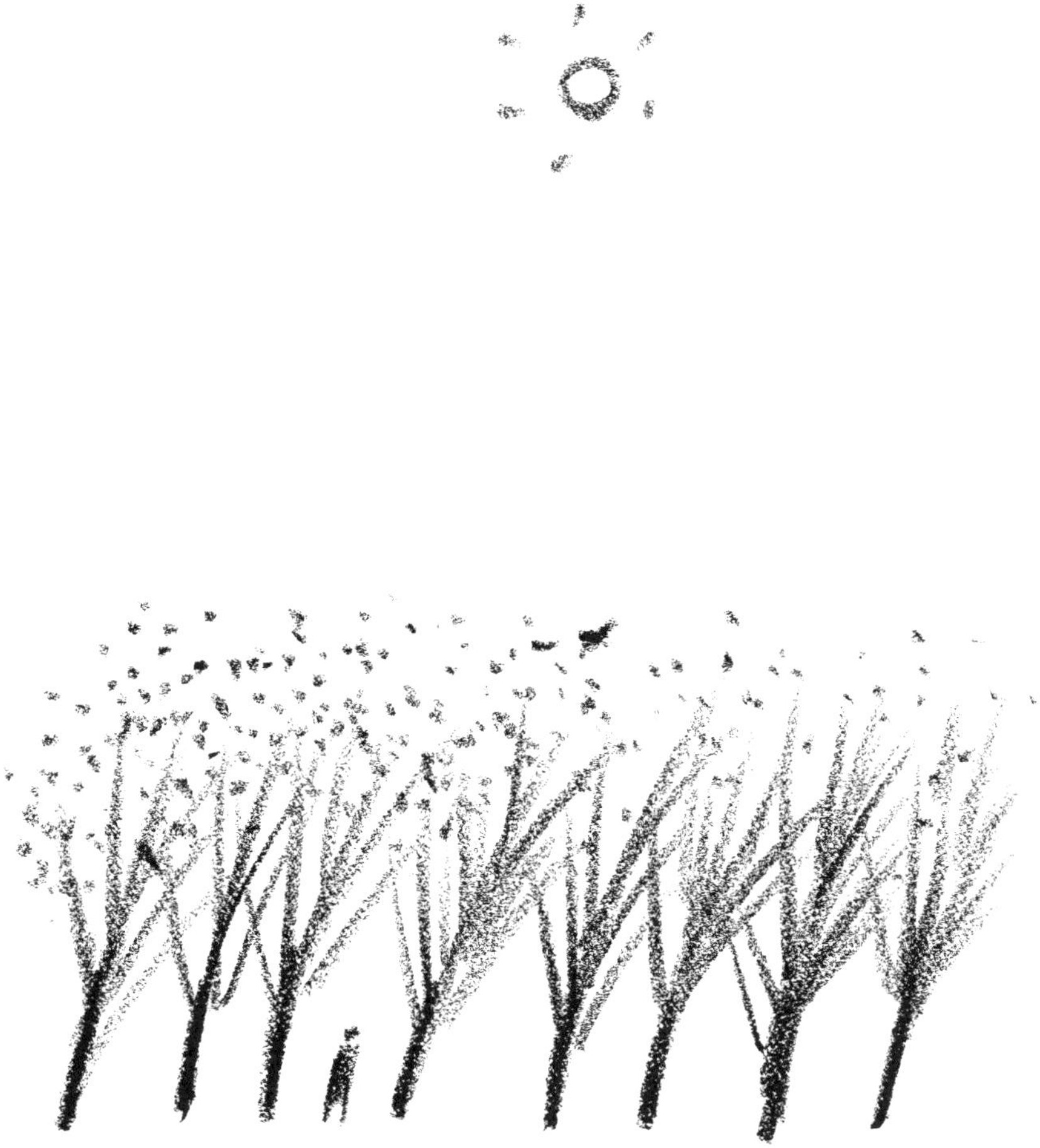

白い午後

冬の昼下《ひるさ》がり
町は白い空気に
包《つつ》まれて眠《ねむ》っている
僕《ぼく》の頭の中も
白いキャンバスのようで
なんだかはっきりしない
時計の文字盤《もじばん》も消え
針《はり》は止まったきり

時折《ときおり》どこかで
鋭《するど》い野鳥の声がするだけの
白い町の白い午後

木枯《こがら》し

激《はげ》しく吹《ふ》き荒《あ》れた木枯しが
空と大地の塵《ちり》を全て
地球の反対側に運んでいったので
今夜の空は隅々《すみずみ》まで星で一杯《いっぱい》
月も丁寧《ていねい》に磨《みが》かれた銀の鏡のように
ぴっかぴっか

小雀《こすずめ》

この春生まれたばかりの
小雀たちが
おぼつかない足どりで
小さな庭にやって来た
君たちは　今日からは
自分ひとりで
生きていかなくちゃいけない
いつか　君たちも

りっぱな親鳥になるだろう
その日まで
小雀たちよ
しっかり生きてゆけ！
僕《ぼく》も——頑張《がんば》る！

風の吹《ふ》く日

風の吹く日
丘《おか》の上の私《わたし》の家は
激《はげ》しくきしみ
大きく揺《ゆ》れる
三角屋根が目立つから
風が狙《ねら》い撃《う》ちするんだ
風が吹く日
私の家は波間に浮《う》かぶ

白いヨット
そんな夜は
大海原《おおうなばら》の真《ま》ん中《なか》で
大波に揺られながら
私は眠りにつく…

空と海

まずグレーで
空を描《か》いた
それから
水色で
さっと海を描いた
曇《くも》り空と青海原《あおうなばら》に
水平線がくっきりと
映《は》える！

もう ひと筆《ふで》も
加えられない
私《わたし》は息を静めて
そっと筆をおく

雨よ

春の小糠雨《こぬかあめ》

花咲《さ》く四月は
小糠雨で始まった
庭の白樺《しらかば》も沈丁花《じんちょうげ》も
それから梅《うめ》も紫陽花《あじさい》も
みんなみんな
柔《やわ》らかな小糠《こぬか》に包《つつ》まれて
幽《かす》かに息づいている
僕《ぼく》もまた密《ひそ》やかにいよう

春の宴《うたげ》の前の
このしめやかなひと時を
乱《みだ》さぬように……

四月の雨

木々《きぎ》に降《ふ》りそそぐ
四月の雨は
冬の名残《なご》りを洗《あら》い流し
大地に滋養《じよう》を滲《し》み込ませる
薄緑色《うすみどりいろ》の若葉《わかば》は瑞々《みずみず》しく輝《かがや》き
雨上がりの野はいっそう
緑に萌《も》えることだろう
この雨はそういう意味でも

郵 便 は が き

104-0061

おそれいりますが
切手をお貼りください

東京都中央区銀座1-5-13-4F

㈱ 銀の鈴社

鈴《すず》の音《ね》会員 登録係　行

お客様の個人情報は、個人情報保護法に基づく弊社プライバシーポリシーを遵守のうえ、厳重にお取扱い致します。今後弊社からのお知らせなどご不要な場合はご一報いただければ幸いです。

「鈴の音会員」（会費無料）にご登録されますと、アート＆ブックス銀の鈴社より、会報誌「鈴の音だより」や展覧会イベントなどのご案内をお送りいたします。この葉書でご登録の方には、もれなく野の花アートの絵はがきを一葉プレゼントさせていただきます。

ふりがな	生年月日　明・大・昭・平
お名前 （男・女）	年　月　日
ご住所　（〒　　　）Tel	
情報送信してよろしい場合は、下記ご記入お願いします。	
E-mail	Fax　－　－

アンケートにご協力ください

◆ご購入の商品名・書名は？

◆お求めになられたきっかけは？

□お店で（店名・場所：　　　　　　　　　　）

□知人に教えられて　□プレゼントで　□ホームページで見て

□その他（　　　　　　　　　　　　　　　　）

◆ご興味のある項目に○をおつけください（資料をお送りいたします）

□ブックス（□絵本　□児童書　□一般書）

□本のオーダーメイド（自費出版）

（研究書・歌集・句集・詩集・記念誌・画集・旅行記・自分史など）

□アート（□ミュージアムグッズ　□原画展などのイベント）

□ヨーロッパ製子ども用品「TimTam」

□テーマのある旅（□海外　□国内）

□その他（　　　　　　　　　　　　　　　　）

◆その他、ご意見・ご感想をぜひお聞かせください

川端文学研究会事務局

SLBC（学校図書館ブッククラブ）加盟出版社

★ご協力ありがとうございました

年々歳々《ねんねんさいさい》繰《く》り返される
大切な自然の営《いとな》みだ
畏敬《いけい》の念《ねん》をもって僕《ぼく》も
この雨に打たれよう
そして瑞々しく生まれ変わろう

春の夜の嵐《あらし》

荒《あ》れ狂《くる》う春の夜の嵐が
無情にも桜《さくら》の花を
根こそぎ散らしてしまう
しかし　花を惜《お》しむまい
明日は緑の若葉《わかば》が
眩《まぶ》しく輝《かがや》くことになっている

春の雨風よ
この僕《ぼく》の何処《どこ》かに残《のこ》っている
未練《みれん》のようなものも
桜の花弁《はなびら》と一緒《いっしょ》に
潔《いさぎよ》く流し去ってはくれまいか
そうすれば明日は僕も
初々《ういうい》しい若葉に生まれ変り
もう一度明るく微笑《ほほえ》むことも出来《でき》よう

五月の昼下《ひるさ》がり

知らない間に
夏になっていたような
大切な何かを
なくしてしまったような
変にけだるい五月の昼下がり
若葉《わかば》も僕《ぼく》もぐったりだ
そんな時
突然雷雨《とつぜんらいう》がやってきて
冷気を含《ふく》んだ涼《すず》しい風を

僕の窓辺《まどべ》に送ってくれた
そうか
今はまだ五月なんだね
辛《つら》い冬がくるまでには
眩《まぶ》しい夏がある
北風が吹《ふ》く前には
優しい金色の秋がある
僕にだってこれから
いろいろな事があり
いろいろな人と知り合い……
そう
人生を諦《あきら》めるにはまだ早過ぎる

木《こ》の葉雨

雨上がりの林を
五月の風が吹《ふ》き抜《ぬ》け
木の葉に溜《たま》っていた雨粒《あまつぶ》が
パラパラと降《ふ》ってきた
――これが木の葉雨
木の葉雨に打たれると
僕《ぼく》の心はときめく
過《す》ぎた日の

忘《わす》れた記憶《きおく》が
ふと甦《よみがえ》るようで

九月の雨

九月の雨は
真夏《まなつ》の太陽に焼《や》かれた
木《こ》の葉を優《やさ》しく労《いたわ》り
来たる秋には精一杯《せいいっぱい》に
紅葉《こうよう》せよと言いた気《げ》に
深々《ふかぶか》と降《ふ》り続く
僕《ぼく》は
震《ふる》えながら濡《ぬ》れそぼつ

一枚《いちまい》の木の葉だから
九月の雨は　優しく
そしてもの悲しい

雨の森林公園

雨の森林公園
鶫《つぐみ》・雉鳩《きじばと》・嘴太鴉《はしぶとがらす》
濡《ぬ》れた芝生《しばふ》の上を
忙《せわ》しなく飛び回る雀《すずめ》たち
どんなに寒くとも
どんなに濡れそぼっても
くる日もくる日も
木々《きぎ》の間を飛び回り

生きるために無心に啄《つい》ばむ
こうして雨の中に立つ僕《ぼく》も
生きていることでは同じだが
生きる厳《きび》しさに於《おい》て
その厳しさを乗り越《こ》える
逞《たくま》しさに於て
彼等《かれら》にはとても敵《かな》わない

ありがとう　そよ風！

ありがとう　みんな

ありがとう　そよ風
ありがとう　青空
ありがとう　ありがとう
木や草や花や小石
小犬や小鳥や虫や小猫《ねこ》
君たちのおかげで
僕《ぼく》はすっかり癒《いや》され
こうして元気に生きている

ありがとう　太陽
ありがとう　優《やさ》しい雨
ありがとう　ありがとう
人生が生きるに価《あたい》する
素晴《すば》らしいものだってことを
教えてくれた君たちみんな
ほんとうにありがとう！

この素晴《すば》らしい世界

この世で一番美しいもの
それは夕暮《ゆうぐ》れの空
この世で一番好きなもの
それは宵闇《よいやみ》に浮《う》かぶ月と星
この世で一番ひそやかなもの
それはいつの間にか降《ふ》り出した夜の雨
この世で一番うれしいもの
それは朝の小鳥の囀《さえず》り

この世で一番大切なもの
それはこの地球そのもの
そして
この素晴らしい世界を創《つく》った方
それは――神様！

僕《ぼく》たち

雨と風と太陽が
草木をあやし
花を育てる
さらば
僕たちは一体
何《なん》によって育《はぐく》まれ
何日《いっ》〈人〉とならん?

捧《ささ》げ物

私《わたし》が描《か》いた
一枚《いちまい》の絵
私が書いた
一篇《いっぺん》の詩
それは
神様への
慎《つつ》ましい捧げ物
私に生命と

この日々《ひび》を
与《あた》えてくださったことへの
感謝《かんしゃ》の気持
どうぞお受け取りください

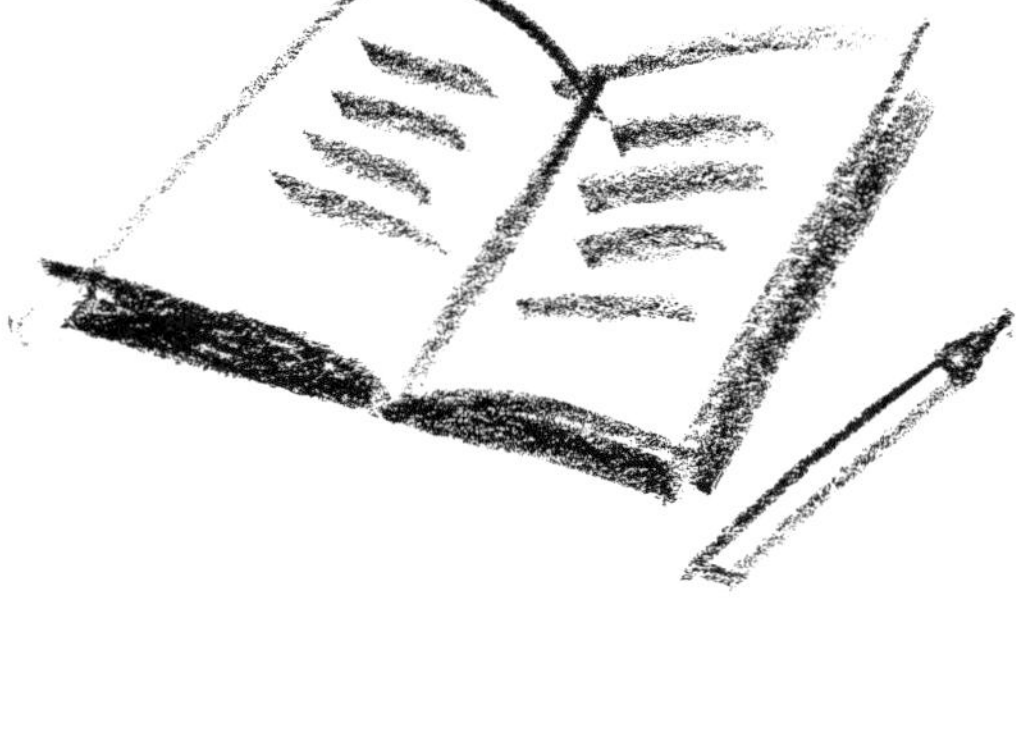

眼覚《めざ》めた時

今朝《けさ》
眼覚めた時
ベッドの中で
一人微笑《ひとりほほえ》んだ
何か良《い》いことが
あったからでも
何か良《よ》いことが
ありそうだからでもなく

ただ　今日《きょう》という日が
また与《あた》えられたことが
なんだかうれしくて
思わず微笑んだんだ

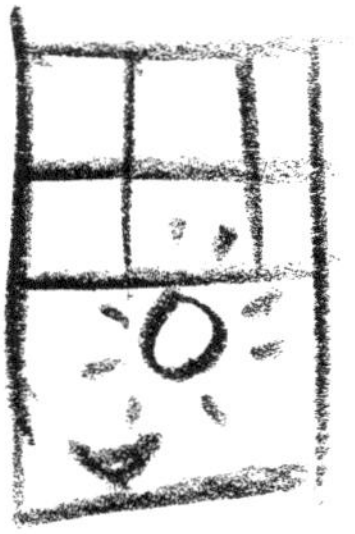

少女たちよ

少女たちよ
僕《ぼく》は君たちを
謎《なぞ》のままにしときたい
君達が僕たちのように
あれこれ悩《なや》み
人生に挫《くじ》け
項垂《うなだ》れることなど
あってはいけないのだ

君たちは
灰色《はいいろ》のこの世ではなく
淡《あわ》いピンク色の花園《はなぞの》で
いつも微笑《ほほえ》んでいて欲《ほ》しい
少女たちよ
決して卑《いや》しい僕たちの世界に
降《お》りて来てはいけない

静かに！

静かに！
静かに……
……静かに
今〈詩〉が
すぐそこにきている

神様が心に……

小鳥や仔猫《こねこ》や仔犬《こいぬ》など
小さく幼《おさな》いものを見る時
野の花や青空や夕焼《ゆうや》け雲
それに月や星に我《われ》を忘《わす》れる時
神様が僕《ぼく》の心の中に
すっと入り込《こ》むような気がする

悪いことをしようとして
どうしても出来《でき》ない時
だれかの助けになってあげた時
そして、苦しむ人を見て
心がちくちく痛《いた》む時
そんな時　やはり
神様がふっと
心の中に入り込んだんだと思う

鳥になれたら

庭の梅《うめ》の木に
仔猫《こねこ》がす早く駈《か》け登り
梢《こずえ》の先で首を伸《の》ばし
細い目をして
青空を見上げている
もっと高く登りたいなあ
鳥になれたらいいのに……

仔猫よ
そう思ってるのは
お前だけじゃないぞ
地上にへばりついて生きている！
この僕《ぼく》もまた鳥になりたくて
こうしていつも高い空を
見上げてるんだ

母親というものは

母親というものは
無欲《むよく》なものです
我《わ》が子がどんなに偉《えら》くなるよりも
どんなにお金持ちになるよりも
毎日元気でいてくれることを
心の底から願《ねが》います
どんな高価《こうか》な贈《おく》り物より
我が子の優《やさ》しいひと言で

十分過《す》ぎる程《ほど》幸せになれる
母親というものは
実に本当に無欲なものです
だから
母親を泣《な》かすのは
この世で一番いけないことなのです

＊老父母の金婚式《きんこんしき》の時に書いた詩。

今日《きょう》の実り

夕暮《ゆうぐ》れとともに
一日が過《す》ぎて行く
私《わたし》は
仄《ほの》暗い部屋の窓辺《まどべ》で
静かに今日を振《ふ》り返る
良いデッサンは出来《でき》たか
モチーフの追究《ついきゅう》はどうだ
そして

心に何か感じたか
詩の言葉は生まれたか

こんな風にして
今日の日の実りを
私は刈《か》り入れる
――敬虔《けいけん》な農夫のように

故郷《ふるさと》へ続く道

旅《たび》に出た僕《ぼく》は
楽しいことも苦しいことも
美しいものも醜《みにく》いものも
できる限《かぎ》り知ったけれど
僕が信じていたいのは
故郷から離《はな》れていくこの道が
実は故郷への道だということ
この道は

二度と帰らぬ果《はて》のない道
だなんて言わないで！
もしそうなら僕には辛《つら》過ぎる
たとえ嘘《うそ》でもいいから
いつかはきっと故郷へ帰り着く
そう信じさせて欲《ほ》しい
ならば
この道がどんなに遠くとも
どんなに苦しくとも
僕は少しも恐《おそ》れない
懐《なつ》かしい人たちに会える日を夢《ゆめ》見て
この道を一人《ひとり》漂泊《さすら》っていこう

月と小犬と僕《ぼく》と……

夕暮《ゆうぐ》れの町を小犬と散歩
ほら　ごらんよ
コバルトブルーの東の空に
橙色《だいだいいろ》のまあるい月
ぽっかりのどかに浮《う》いている
きれいだなあ
絵本の絵みたいだね……
気忙《きぜわ》し気《げ》な町の人々《ひとびと》は

夜空を見上げて立ち尽《つく》す
僕《ぼく》たちのことなど知らん顔
でも　いいんだそれで
…月と　小犬と　僕と……
黄昏《たそがれ》の町の一冊《いっさつ》の絵本

手紙

手紙を受け取るのは
誰《だれ》かの心を受け取ること
手紙を書くことは
誰かに心を伝えること
祈《いの》るような気持で
ポストに入れた手紙が
暗がりの中にさっと消えた
私《わたし》の心は　もう

取り戻《もど》せない

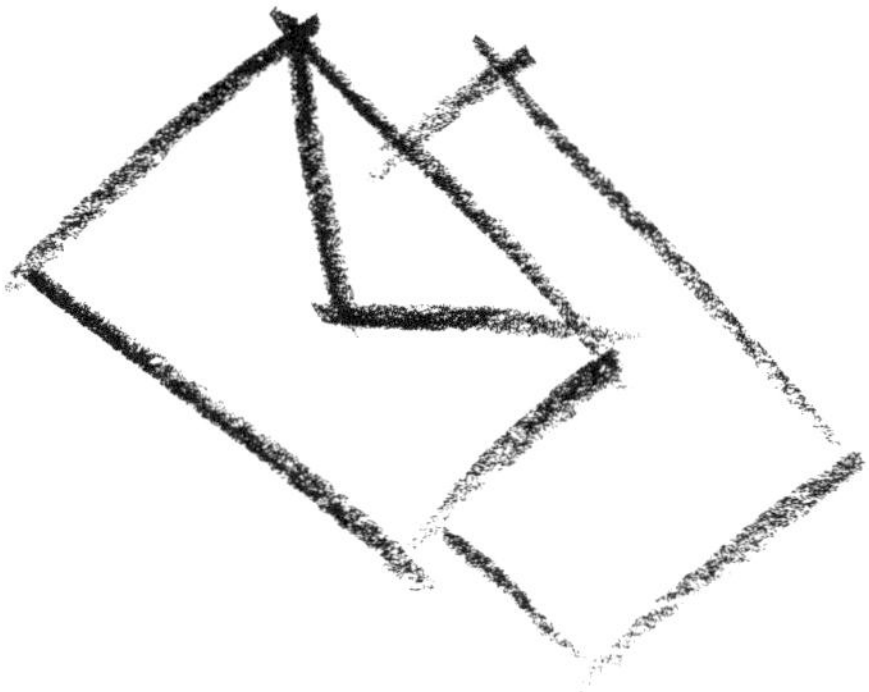

人生は引き算

人生は　一見《いっけん》
足《た》し算のように
見えるけれど
それはうわべだけのこと
人生の本質は
引き算だ！
それは
この世を去る時

はっきりわかる

自分の道

僕《ぼく》は身を隠《かく》す
人々《ひとびと》の群《むれ》の中に
野を渡《わた》る風
深い森の奥《おく》の
羊歯《しだ》のように
誰《だれ》の目にもふれることなく
ひそやかに
自分の道を行く

あとがき

私は普段、なるべく多くの人に喜んでもらえるようにと、心掛けて絵を描いています。だから、皆が知っている私の絵は、実は私の世界である以上に、その絵を愛してくださっている方々の心の風景なのです。

一方、私の詩は、私の日々の生活、私自身の内面や人生観を表現した、かなり私的な世界だと言えるでしょう。誰のためでもなく、また仕事のためでもなく、四季折々、自然の移り変わりの中で、感じた事、思った事を、ただ自分なりの詩のスタイルで、二十年書き続けてきたのです。

特別な技巧、才気走った言葉遣いや発想とは無縁の、素朴な詩作り…。私自身、この詩集を編むにあたって、箱一杯の詩作品を読み返してみると、二十代、三十代、四十代の時の各々の詩がまるで時の流れを感じさせないのに驚いてしまいました。それは何故かと言えば、私は、詩作の初期から、その表現スタイルよりも、真実性の方を重んじてきたからなのでした。できる限り作為を避け、自然に書くのが私のやり方です。

そう、私の詩は、ある日ある時、詩の女神がふとやって来て、私を通してこの世に生まれたものなのです。詩作に関しては、私はただの道具に過ぎないのです。

と言うことは、もしかして、私の詩は、私の絵と同様、私のものではなく、それを書かせたもの達のものなのかもしれません。


雨や風や木々や草花。彼らが、私に詩を書かせ、絵を描かせる。

人間である私は、そのために存在している。

この地球は彼ら、自然に生きるもの達の物で、私達人間は、それを少し借りるだけ、その御礼に、自然を讃美し、敬う。

これが、人間と、芸術の存在意義ではないかとも思うのです。


私の詩が、若い人達をして、今まで以上に、自然の美しさや、人生の神秘に心を向ける、ささやかな助けになれば幸いです。

最後に、世間的に見れば、画家であるところの私の、もうひとつの面、と言うより、私の本質である〈詩心〉をひきだしてくださった柴崎さんに心から感謝します。

葉 祥明（よう　しょうめい）
1946年　7月7日熊本市に生まれる
1972年　処女作（創作絵本）「ぼくのべんちにしろいとり」出版
英国版、フランス版、スウェーデン版も発刊される
以後、画集・詩画集・絵・エッセイ・写真集等多数
1990年　北鎌倉に「葉祥明美術館」開館
2002年　「阿蘇高原絵本美術館」開館
詩画集　「小さな庭」（銀の鈴社）
画　集　「ソナチネ」（サンリオ出版）
創作絵本「いまもどこかで」（至光社）ドイツ版も発刊
「ヒーリングキャット」（晶文社）
「リトル・ツリー」　（　〃　）
「再び会う日のために」（愛育社）
「グレイトマザーランド」（学習研究社）
「しあわせことばのレシピ」（日本標準）
詩人・画家・絵本作家

葉 祥明美術館
〒247-0062　神奈川県鎌倉市山ノ内318-4
Tel. 0467-24-4860　年中無休　10：00～17：00

葉 祥明阿蘇高原絵本美術館
〒869-1404　熊本県阿蘇郡長陽村河陽池ノ原5988-20
Tel. 0967-67-2719　年中無休　10：00～17：00

NDC911　葉　祥明
東京　銀の鈴社　2006
92頁 21cm（ありがとう　そよ風）

ジュニアポエム　シリーズ 57
新版 ありがとう そよ風

1989年5月24日初版発行
1997年4月1日四版発行
1999年6月1日五版発行
2006年5月1日新　　版

著　者　葉　祥明©
シリーズ企画　㈱教育出版センター
発　行　㈱銀の鈴社 TEL 03-5524-5606　FAX 03-5524-5607
〒104-0061　東京都中央区銀座1-5-13-4F
http://www.ginsuzu.com.
E-mail book@ginsuzu.com

ISBN4−87786−251−x C8092
落丁・乱丁本はお取り替え致します

印　刷　電算印刷
製　本　渋谷文泉閣

…ジュニアポエムシリーズ…

No.	著者	書名	受賞・選定
1	鈴木敏史詩集・宮下琢郎・絵	星の美しい村	★☆
2	小池知子詩集・高志孝子・絵	おにわいっぱいぼくのなまえ	★☆
3	鶴岡千代子詩集・武田淑子・絵	白い虹	児文芸新人賞
4	楠木しげお詩集・久保雅勇・絵	カワウソの帽子	
5	津坂治男詩集・垣内美穂・絵	大きくなったら	★
6	後藤れい子詩集・山本まつ子・絵	あくたれぼうずのかぞえうた	
7	北村蔦子詩集・柿本幸造・絵	あかちんらくがき	
8	吉田瑞穂詩集・吉田翠・絵	しおまねきと少年	⊠★◎
9	新川和江詩集・葉祥明・絵	野のまつり	★☆
10	阪田寛夫詩集・織茂恭子・絵	夕方のにおい	◈★☆○
11	高田敏子詩集・若山憲・絵	枯れ葉と星	★☆
12	原田直友詩集・吉田翠・絵	スイッチョの歌	★◎
13	小林純一詩集・久保雅勇・絵	茂作じいさん	◉★☆●◎
14	谷川俊太郎詩集・長新太・絵	地球へのピクニック	★◎
15	与田準一詩集・深沢省三・深沢紅子・絵	ゆめみることば	★
16	岸田衿子詩集・中谷千代子・絵	だれもいそがない村	
17	江間章子詩集・榊原直美・絵	水と風	◇◎
18	原田直友詩集・小野まり・絵	虹—村の風景—	★
19	福田正夫詩集・福田達夫・絵	星の輝く海	★☆
20	草野心平詩集・長野ヒデ子・絵	げんげと蛙	★☆○◇
21	宮田滋子詩集・青木まさる・絵	手紙のおうち	☆○
22	久保田昭三詩集・斎藤彬子・絵	のはらでさきたい	
23	鶴岡千代子詩集・加倉井和夫・武田淑子・絵	白いクジャク	★●
24	尾上尚子詩集・まど・みちお・絵	そらいろのビー玉	★☆ 児文協新人賞
25	水上紅詩集・深沢紅子・絵	私のすばる	☆
26	野呂昶詩集・福島一二三・絵	おとのかだん	★
27	こやま峰子詩集・武田淑子・絵	さんかくじょうぎ	☆
28	青戸かいち詩集・駒宮録郎・絵	ぞうの子だって	
29	まきたかし詩集・福田達夫・絵	いつか君の花咲くとき	★☆♡
30	薩摩忠詩集・駒宮録郎・絵	まっかな秋	★☆♡
31	新川和江詩集・福島一二三・絵	ヤァ！ヤナギの木	★☆○♡
32	井上靖詩集・駒宮録郎・絵	シリア沙漠の少年	★☆♡
33	古村徹三詩集・古村徹三・絵	笑いの神さま	
34	江上波夫詩集・青空風太郎・絵	ミスター人類	○☆
35	秋原秀夫詩集・鈴木義治・絵	風の記憶	★◎
36	水村三千夫詩集・武田淑子・絵	鳩を飛ばす	
37	久冨純江詩集・渡辺安芸夫・絵	風車 クッキングポエム	
38	日野生三詩集・吉野晃希男・絵	雲のスフィンクス	★
39	佐藤雅子詩集・佐藤太清・広瀬きよみ・絵	五月の風	★
40	小黒恵子詩集・武田淑子・絵	モンキーパズル	★
41	木村信子詩集・山本典子・絵	でていった	
42	中野栄子詩集・吉田翠・絵	風のうた	☆
43	宮田滋子詩集・牧村慶子・絵	絵をかく夕日	★
44	大久保ティ子詩集・渡辺安芸夫・絵	はたけの詩	★☆
45	秋原秀夫詩集・赤星亮衛・絵	ちいさなともだち	♥

☆日本図書館協会選定
★全国学校図書館協議会選定
□少年詩賞　■茨城県すいせん図書
○厚生省中央児童福祉審議会すいせん図書
●日本童謡賞　♧岡山県選定図書
♡日本子どもの本研究会選定
♥秋田県選定図書
♣愛媛県教育会すいせん図書
◇岩手県選定図書
◆京都府選定図書
⊠芸術選奨文部大臣賞
◉赤い鳥文学賞　◈赤い靴賞

…ジュニアポエムシリーズ…

- 46 日友靖子詩集　藤城清治・安西明美・絵　猫曜日だから ◆☆
- 47 秋葉てる代詩集　武田淑子・絵　ハープムーンの夜に ♡
- 48 こやま峰子詩集　山本省三・絵　はじめのいーっぽ ★♡
- 49 黒柳啓子詩集　金子滋・絵　砂かけ狐 ♡
- 50 三枝ますみ詩集　武田淑子・絵　ピカソの絵 ☆♡●
- 51 夢虹二詩集　武田淑子・絵　とんぼの中にぼくがいる ♡○♥
- 52 はたちよしこ詩集　まど・みちお・絵　レモンの車輪 □♧
- 53 大岡信詩集　葉祥明・絵　朝の頌歌 ★☆♡♥◎
- 54 吉田瑞穂詩集　吉田翠・絵　オホーツク海の月 ★☆♡
- 55 さとう恭子詩集　村上保・絵　銀のしぶき ★☆♡
- 56 星乃ミミナ詩集　葉祥明・絵　星空の旅人 ★☆♡
- 57 葉祥明詩集　葉祥明・絵　ありがとう そよ風 ★♡
- 58 青戸かいち詩集　初山滋・絵　双葉と風
- 59 小野ルミ詩集　和田誠・絵　ゆきふるるん ★☆●♡
- 60 なぐもはるき詩集　なぐもはるき・絵　たったひとりの読者 ★♡♧
- 61 小関秀夫詩集　小倉玲子・絵　風《かざ》栞《しおり》 ★♡♥
- 62 海沼松世詩集　守下さおり・絵　かげろうのなか ☆♡
- 63 山本龍生詩集　小倉玲子・絵　春行き一番列車 ♡
- 64 小泉周二詩集　深沢省三・絵　こもりうた ★☆♡
- 65 かわてせいぞう詩集　若山憲・絵　野原のなかで ♡★♥
- 66 えぐちまき詩集　赤星亮衛・絵　ぞうのかばん ♡◆♥
- 67 池田あきつ詩集　小倉玲子・絵　天気雨 ♡
- 68 藤井則行詩集　君島美知子・絵　友へ ♡♤
- 69 藤哲生詩集　武田淑子・絵　秋いっぱい ★♠
- 70 日友靖子詩集　深沢紅子・絵　花天使を見ましたか ★
- 71 吉田瑞穂詩集　吉田翠・絵　はるおのかきの木 ★
- 72 小島禄琅詩集　中村陽子・絵　海を越えた蝶 ☆★♥♡
- 73 にしおまさこ詩集　杉田幸子・絵　あひるの子 ★
- 74 山下竹二詩集　徳田徳志芸・絵　レモンの木 ★
- 75 高崎乃理子詩集　奥山英俊・絵　おかあさんの庭 ★♡
- 76 檜きみこ詩集　広瀬弦・絵　しっぽいっぽん ★●□☆♡
- 77 たかはしけいこ詩集　高田三郎・絵　おかあさんのにおい ♡♣□
- 78 星乃ミミナ詩集　深澤邦朗・絵　花かんむり ♥☆♡
- 79 佐藤照雄詩集　津波信久・絵　沖縄 風と少年 ☆♡★
- 80 相馬梅子詩集　やなせたかし・絵　真珠のように ♥★
- 81 小島禄琅詩集　深沢紅子・絵　地球がすきだ ★
- 82 鈴木美智子詩集　黒澤梧郎・絵　龍のとぶ村 ◇★♥
- 83 いがらしれいこ詩集　高田三郎・絵　小さなてのひら ☆
- 84 宮入黎子詩集　小倉玲子・絵　春のトランペット ☆★
- 85 下田喜久美詩集　方振寧・絵　ルビーの空気をすいました ☆
- 86 野呂昶詩集　方振寧・絵　銀の矢ふれふれ ★
- 87 ちよはらまちこ詩集　ちよはらまちこ・絵　パリパリサラダ ★
- 88 秋原秀夫詩集　徳田徳志芸・絵　地球のうた ☆★
- 89 中島あやこ詩集　井上緑・絵　もうひとつの部屋 ★
- 90 藤川こうのすけ詩集　葉祥明・絵　こころインデックス ☆

✼サトウハチロー賞
☼三木露風賞
♤福井県すいせん図書
✣毎日童謡賞
♠奈良県教育研究会すいせん図書
♧北海道選定図書　☸三越左千夫少年詩賞
◈静岡県すいせん図書
◎学校図書館ブッククラブ選定図書

…ジュニアポエムシリーズ…

- 91 新井　和詩集　高田三郎・絵　おばあちゃんの手紙　☆★
- 92 はなわたえこ詩集　えばとかつこ・絵　みずたまりのへんじ　★●
- 93 柏木恵美子詩集　武田淑子・絵　花のなかの先生　☆
- 94 中原千津子詩集　寺内直美・絵　鳩への手紙　★
- 95 高瀬美代子詩集　小倉玲子・絵　仲なおり　★
- 96 杉本深由起詩集　若山　憲・絵　トマトのきぶん　☆★◎　児文芸新人賞
- 97 宍倉さとし詩集　守下さおり・絵　海は青いとはかぎらない　♧
- 98 石井英行詩集　有賀　忍・絵　おじいちゃんの友だち　■
- 99 なかのひろ詩集　アサト・シェラ・絵　とうさんのラブレター　☆★
- 100 小松静江詩集　藤川秀之・絵　古自転車のバットマン
- 101 石原一輝詩集　加藤真夢・絵　空になりたい　☆❖★
- 102 小泉周二詩集　西　真里子・絵　誕生日の朝　☆■★
- 103 くすのきしげのり童謡　わたなべあきお・絵　いちにのさんかんび　☆★
- 104 成本和子詩集　小倉玲子・絵　生まれておいで　☆★❖♡♧
- 105 伊藤政弘詩集　小倉玲子・絵　心のかたちをした化石　★
- 106 川崎洋子詩集　井戸妙子・絵　ハンカチの木　□★☆
- 107 柘植愛子詩集　油野誠一・絵　はずかしがりやのコジュケイ　❖
- 108 新谷智恵子詩集　葉　祥明・絵　風をください　☆◈☼●♡✢
- 109 金親尚子詩集　牧　進・絵　あたたかな大地　☆
- 110 黒柳啓子詩集　吉田　翠・絵　父ちゃんの足音　☆★♡□
- 111 富田栄子詩集　油野誠一・絵　にんじん笛　♡☆
- 112 原　国子詩集　高畠　純・絵　ゆうべのうちに　☆
- 113 宇部京子詩集　スズキコージ・絵　よいお天気の日に　○□●☆◇★
- 114 武鹿悦子詩集　牧野鈴子・絵　お花見　☆□
- 115 山本なおこ詩集　梅田俊作・絵　さりさりと雪の降る日　☆★
- 116 小林比呂古詩集　おおた慶文・絵　ねこのみち　☆
- 117 後藤れい子詩集　渡辺あきお・絵　どろんこアイスクリーム　☆
- 118 重清良吉詩集　高田三郎・絵　草の上　☆□❁◆★
- 119 宮中雲子詩集　西　真里子・絵　どんな音がするでしょか　✻★
- 120 前山敬子詩集　若山　憲・絵　のんびりくらげ　☆★
- 121 川端律子詩集　若山　憲・絵　地球の星の上で　♡
- 122 たかはしけいこ詩集　織茂恭子・絵　とうちゃん　♡❁♣★
- 123 宮田滋子詩集　深澤邦朗・絵　星の家族　☆●
- 124 国沢たまき詩集　唐沢　静・絵　新しい空がある
- 125 池田あきつ詩集　小倉玲子・絵　かえるの国　★
- 126 黒田恵子詩集　倉島千賀子・絵　ボクのすきなおばあちゃん　☆★♡
- 127 垣内磯子詩集　宮崎照代・絵　よなかのしまうまバス　☆♡★
- 128 小泉周二詩集　佐藤平八・絵　太陽へ　❁★●☆♡
- 129 中島和子詩集　秋里信子・絵　青い地球としゃぼんだま　☆★
- 130 のろさかん詩集　福島一二三・絵　天のたて琴　☆
- 131 加藤丈夫詩集　葉　祥明・絵　ただ今受信中　☆★
- 132 北原悠子詩集　深沢紅子・絵　あなたがいるから　♡
- 133 池田もと子詩集　小倉玲子・絵　おんぷになって　♡
- 134 鈴木初江詩集　吉田　翠・絵　はねだしの百合　★
- 135 垣内磯子詩集　今井俊・絵　かなしいときには　★

ジュニアポエムシリーズは、子どもにもわかる言葉で真実の世界をうたう個人詩集のシリーズです。

本シリーズからは、毎回多くの作品が教科書等の掲載詩に選ばれており、1975年以来、全国の小・中学校の図書館や公共図書館等で、長く、広く、読み継がれています。

心を育むポエムの世界。

一人でも多くの子どもや大人に豊かなポエムの世界が届くよう、ジュニアポエムシリーズはこれからも小さな灯をともし続けて参ります。

- 136 秋葉てる代・詩集 やなせたかし・絵 **おかしのすきな魔法使い** ❀●★
- 137 青戸かいち・詩集 永田萠・絵 **小さなさようなら** ❀★
- 138 柏木恵美子・詩集 高田三郎・絵 **雨のシロホン** ♡★
- 139 藤井則行・詩集 阿見みどり・絵 **春だから** ♡★◎
- 140 黒田勲子・詩集 山中冬二・絵 **いのちのみちを**
- 141 南郷芳明・詩集 的場豊子・絵 **花時計**
- 142 やなせたかし・詩集 やなせたかし・絵 **生きているってふしぎだな**
- 143 内田麟太郎・詩集 斎藤隆夫・絵 **うみがわらっている**
- 144 しまざきふみ・詩集 島崎奈緒・絵 **こねこのゆめ** ♡
- 145 糸永えつこ・詩集 武井武雄・絵 **ふしぎの部屋から** ♡
- 146 石坂きみこ・詩集 鈴木英二・絵 **風の中へ** ♡
- 147 坂本のこ・詩集 坂本こう・絵 **ぼくの居場所** ♡
- 148 島村木綿子・詩集 島村木綿子・絵 **森のたまご** ❀
- 149 楠木しげお・詩集 わたせせいぞう・絵 **まみちゃんのネコ** ★
- 150 牛尾良子・詩集 上矢津・絵 **おかあさんの気持ち**
- 151 三越左千夫・詩集 阿見みどり・絵 **せかいでいちばん大きなかがみ** ★
- 152 水村三千夫・詩集 高見八重子・絵 **月と子ねずみ**
- 153 川越文子・詩集 横松桃子・絵 **ぼくの一歩ふしぎだね** ★
- 154 すずきゆかり・詩集 葉祥明・絵 **まっすぐ空へ**
- 155 西田純・詩集 葉祥明・絵 **木の声 水の声**
- 156 清野倭文子・詩集 水科舞・絵 **ちいさな秘《ひ》密《みつ》**
- 157 川奈静・詩集 直江みちる・絵 **浜ひるがおはパラボラアンテナ** ★◎
- 158 若木良水・詩集 西真里子・絵 **光と風の中で**
- 159 牧陽子・詩集 渡辺あきお・絵 **ねこの詩** ★◎
- 160 宮田滋子・詩集 阿見みどり・絵 **愛 一輪** ★◎
- 161 井上灯美子・詩集 唐沢静・絵 **ことばのくさり** ☆●
- 162 滝波万理子・詩集 滝波裕子・絵 **みんな王《おう》様《さま》** ★●
- 163 冨岡みち・詩集 関口コオ・絵 **かぞえられへん せんぞさん** ★
- 164 垣内磯子・詩集 辻恵子・切り絵 **緑色のライオン** ★◎
- 165 すぎもとれいこ・詩集 平井辰夫・絵 **ちょっといいことあったとき** ★
- 166 岡田喜代子・詩集 おぐらひろかず・絵 **千年の音** ★☆◎
- 167 川奈静・詩集 直江みちる・絵 **ひもの屋さんの空** ★◎☆♥♡
- 168 鶴岡千代子・詩集 武田淑子・絵 **白い花火** ★☆
- 169 井上灯美子・詩集 唐沢静・絵 **ちいさい空をノックノック** ★◎☆
- 170 尾崎杏子・詩集 ひなた山すじゅう郎・絵 **海辺のほいくえん** ☆♡★◎
- 171 柘植愛子・詩集 やなせたかし・絵 **たんぽぽ線路** ☆♡★◎
- 172 小林比呂古・詩集 うめざわのりお・絵 **横須賀スケッチ** ☆★◎♡
- 173 林佐知子・詩集 串田敦子・絵 **きょうという日** ☆★◎♡
- 174 後藤基宗子・詩集 岡澤由紀子・絵 **風とあくしゅ** ☆♥★◎♡
- 175 土屋律子・詩集 高瀬のぶえ・絵 **るすばんカレー** ☆♡★
- 176 三輪アイ子・詩集 深沢邦朗・絵 **かたぐるましてよ**
- 177 田辺瑞美子・詩集 西真里子・絵 **地球賛歌** ★♡
- 178 高瀬美代子・詩集 小倉玲子・絵 **オカリナを吹く少女**